LOS BICHOS VAN AL COLE

Bruño

PERSONAJES

MAESTRA CIGARRA

MARIQUITA

LUCIÉRNAGA

MARIPOSA

CIEMPIÉS

GRILLO

BICHO BOLA

HORMIGA

ABEJA

ARAÑA

SALTAMONTES

EN UN LUGAR ESCONDIDO DEL BOSQUE,
CADA MAÑANA LOS BICHOS VAN AL COLE.

CUANDO MAESTRA CIGARRA LOS VE LLEGAR,
SONRÍE Y ABRE LAS PUERTAS DE PAR EN PAR.

¡CORRE! YA COMIENZA UNA NUEVA AVENTURA.
¡PASA LA PÁGINA Y DISFRUTA DE ESTA LECTURA!

colegio

Dirección editorial: Begoña Lozano
Edición: Laura Trueba
Preimpresión: Pablo Pozuelo
Diseño: Javier Lacasta Llácer

Valentín Beato, 21
28037 Madrid

Primera edición: mayo 2025

ISBN: 978-84-696-4416-4
Depósito legal: M-3452-2025

Printed in Spain

www.brunolibros.es

PAPEL DE FIBRA CERTIFICADA

LOS BICHOS VAN AL COLE

DE EXCURSIÓN, ¡QUÉ DIVERSIÓN!

APRENDO A LEER

SUSANNA ISERN / Ilustraciones: SARA SÁNCHEZ

Bruño

ES PRIMAVERA Y LOS BICHOS
BRINCAN DE EMOCIÓN,
¡POR FIN HA LLEGADO
EL DÍA DE LA EXCURSIÓN!

CUANDO LLEGAN,
CORREN POR LA PRADERA.
¡QUÉ BONITA
ES LA PRIMAVERA!

MAESTRA CIGARRA
LES CUENTA CURIOSIDADES
SOBRE EL POLEN, LA MIEL
Y SUS PROPIEDADES.

TRAS LA CHARLA TOCA
LLENAR LAS TRIPAS:
TROCITOS DE HOJA,
SEMILLAS Y PIPAS.

Y AHORA LLEGA
EL TIEMPO LIBRE
PARA HACER EL GAMBERRO.
GRILLO Y MARIQUITA
HACEN UN TOBOGÁN
CON UN PÉTALO.

ARAÑA TEJE CUERDAS
EN UN PERIQUETE.
CIEMPIÉS SE COLUMPIA
MUY SONRIENTE.

SALTAMONTES SALTA
DE FLOR EN FLOR.
BICHO BOLA DISFRUTA
DEL MARAVILLOSO OLOR.

LUCIÉRNAGA, ABEJA
Y MARIPOSA JUEGAN
AL ESCONDITE.
PERO ALLÍ NO SE PUEDEN
OCULTAR TRAS EL PUPITRE.

¡QUÉ DIVERTIDO! MÁS QUE UNA PRADERA DE FLORES, AQUELLO PARECE UN GRAN PARQUE DE ATRACCIONES.

PERO ¿DÓNDE ESTÁ HORMIGA?
¿SE HA PERDIDO?
HACE YA UN BUEN RATO QUE NADIE LA HA VISTO.

SIN ESPERAR, LOS BICHOS COMIENZAN A BUSCARLA. ANTES DE QUE ANOCHEZCA HAY QUE ENCONTRARLA.

MIRAN DEBAJO
DE LAS HOJAS
Y DE ALGUNA PIEDRA.
PARECE QUE A HORMIGA
SE LA HA TRAGADO
LA TIERRA.

LOS BICHOS CADA VEZ
ESTÁN MÁS PREOCUPADOS,
¿Y SI SE LA HA COMIDO
UNA FAMILIA DE SAPOS?

—ALGO SE MUEVE
AHÍ ABAJO —DICE ABEJA
VOLANDO MUY ARRIBA.
¡ES HORMIGA, QUE SE
HA QUEDADO DORMIDA
DEBAJO DE UNA MIGA!

—¡BRAVOOOO!

HORMIGA BOSTEZA
SIN ENTENDER NADA.
LOS BICHOS CORREN
A ABRAZARLA.

LOS BICHOS VAN AL COLE

¡JUEGA Y APRENDE!

¡Qué flores más bonitas!
¿Sabes cómo se llaman?

MARGARITA

AMAPOLA

ROSA

VIOLETA

DIENTE DE LEÓN

GIRASOL

CAMPANILLA

¿Qué ocurre en primavera?

COMIENZA A HACER MÁS FRÍO.

FLORECEN LOS CAMPOS.

LLUEVE MÁS.

ALGUNOS ANIMALES DESPIERTAN DE UN LARGO SUEÑO.

LAS HOJAS
SE CAEN
DE LOS ÁRBOLES.

LA NIEVE
DE LAS CUMBRES
COMIENZA
A FUNDIRSE.

LOS DÍAS
SON
MÁS CORTOS.

ES ÉPOCA
DE CASTAÑAS.

A los bichos les encanta jugar en la pradera.
¿Qué hace cada uno?

SALTAR DE FLOR EN FLOR

COLUMPIARSE

DIVERTIRSE EN EL TOBOGÁN

TEJER UNA TELARAÑA

¿Y tú cómo te diviertes?
¡Dibújate haciendo lo que más te gusta!

CONSEJOS PARA DISFRUTAR DE LA LECTURA

- Elige un momento tranquilo.
- Crea tu propio rincón de lectura donde estés muy a gustito.
- Asegúrate de que tienes buena luz.
- Mira la cubierta del libro y respira hondo: ¡estás a punto de vivir una nueva aventura!
- Lee en voz alta y sin prisa.
- Imagina que eres uno de los personajes de la historia.
- Observa los dibujos y fíjate en todos los detalles.

- Después de leer la historia, piensa si te ha gustado.

- Si has compartido la lectura con alguien, comentad el argumento.

- ¡Lee tu libro una y otra vez! Siempre te sorprenderá.